VIE

DE

SAINT ANTOINE

DE PADOUE

SUIVIE DE LA NEUVAINE EN L'HONNEUR DU SAINT

TOURS

ALFRED CATTIER

ÉDITEUR

VIE

DE

SAINT ANTOINE DE PADOUE

PERMIS D'IMPRIMER

J. SELLIER,

Vic. général.

Église de Saint-Antoine à Padoue.

VIE

DE

SAINT ANTOINE

DE PADOUE

SUIVIE DE LA NEUVAINE EN L'HONNEUR DU SAINT

TOURS

ALFRED CATTIER

ÉDITEUR

VIE

DE

SAINT ANTOINE DE PADOUE

AVANT-PROPOS

Il est facile de reconnaître le but qu'on se propose en publiant, en forme d'avant-propos, l'opinion du R. P. Nouet sur la dévotion des fidèles envers saint Antoine de Padoue.

En effet, le pieux auteur de la *Vie de Jésus dans les Saints* a entrevu de loin l'avantage inestimable d'une prière qui aurait pour fin unique les biens spirituels; et tout le monde comprendra que, si journellement la confiance du chrétien est récompensée, lorsque saint Antoine est invoqué dans les affaires purement matérielles, à plus forte raison doit-on être assuré de sa puissante intercession auprès de Dieu, quand, avec un louable sentiment de foi, la pensée se reporte sur la recouvrance des biens de l'âme.

Voici comment s'exprime le R. P. Nouet dans sa méditation pour le 13 juin, fête de saint Antoine de Padoue :

« ... Saint Antoine vint en Italie, où la
« divine Providence fit éclater sa sainteté
« par un grand nombre de miracles, et lui
« attira l'estime et la vénération de tous
« les peuples, qui recourent à lui encore
« aujourd'hui dans leurs besoins, surtout
« pour retrouver les choses qu'ils ont per-
« dues ou égarées.

« Faites-en l'expérience à la première
« occasion. Le crédit que saint Antoine de
« Padoue a auprès de Dieu, pour ce sujet,

« condamnera sans doute l'impiété de
« ceux qui consultent les devins, et qui
« perdent leur âme pour retrouver une
« chose de néant, et qu'ils pourraient
« retrouver par des voies saintes et légi-
« times. Hélas ! souvent nous perdons la
« présence de Dieu, souvent notre esprit
« s'égare et perd l'attention dans nos
« prières, souvent nous perdons la cha-
« rité, la dévotion et la grâce, par notre
« négligence, sans nous en mettre en
« peine ! Que nous serions heureux, ô
« grand Saint, si nous pouvions, par l'en-
« tremise de vos prières, retrouver ces
« BIENS DE L'AME !!! »

VIE

DE

SAINT ANTOINE DE PADOUE

———

Un saint évêque disait qu'il y avait peu de personnes qui n'eussent une très grande dévotion à saint Antoine de Padoue ; aussi cet ami de Dieu ne refuse pas son appui à ceux qui le prient avec ferveur ; au contraire, il s'empresse d'exaucer les demandes qui lui sont adressées. Par son intercession, les navigateurs sont préservés du naufrage, les malades sont guéris, les époux obtiennent que leur union soit heureuse, et les voyageurs échappent aux nombreux périls qui les menacent [1].

Ce saint, écrit un grand docteur, a reçu du Seigneur un privilège spécial concer-

[1] *Opera Sancti Antonii Paduani*, 1787, p. 3.

nant les choses perdues. En effet, on retrouve souvent, par son intercession, les objets égarés. Aussi est-ce à juste titre que nous pouvons lui dire ce que saint Bernard disait à la mère de Dieu : « Qu'il cesse de publier vos louanges, ô bienheureux Antoine, celui qui, vous ayant invoqué dans un pressant besoin, n'a reçu aucun secours de votre part [1]. »

La dévotion dont nous parlons a-t-elle pris naissance dans la patrie du Bienheureux ? on l'ignore ; mais il est certain qu'elle s'est rapidement propagée dans toutes les provinces du monde catholique. Et partout, les résultats les plus consolants sont venus la développer de plus en plus. Citons quelques-uns de ces faits merveilleux :

[1] GUILLAUME PÉPIN, Sermo de S. Antonio. — *Opera sancti Antonii*, p. 3.

1° Dans la ville d'Alcazar, en Portugal, vivait un bourgeois très dévot à saint Antoine. Il célébrait, avec grande solennité, la fête de l'illustre Confesseur ; il faisait dire beaucoup de messes en son honneur, et il répandait d'abondantes aumônes dans le sein des pauvres. Un jour qu'il tirait de l'eau d'un puits creusé dans le vestibule de sa maison, un anneau de prix glissa de son doigt et tomba au fond du réservoir. Très affligé de ce malheur, il s'empressa de recourir à son protecteur, saint Antoine ; et il demeura en repos sur le résultat de sa demande. Quelque temps après, comme il se trouvait en prière dans l'église du *Santo,* il vit accourir un de ses serviteurs qui s'écria : « Bonne nouvelle ! bonne nouvelle ! nous possédons la bague de mon maître ! » Et il raconta que l'objet perdu venait d'être retrouvé dans le seau du puits qui s'était détaché, et qu'on avait repêché à l'aide d'un crochet.

2° Un négociant se faisait conduire, par eau, à la ville de Sétuval. S'étant assis près du gouvernail de l'embarcation, il s'amusait à considérer sa bourse pleine de pièces d'or. Au même moment, son petit trésor fut enlevé de sa main et jeté dans le fleuve par la voile du navire, que le pilote lâcha imprudemment. On comprend ce que dut éprouver l'infortuné marchand... Quand il se vit à terre, il se rendit directement au couvent des Mineurs, afin d'y invoquer saint Antoine de Padoue. Il pria les Frères de vouloir bien chanter, à son intention, le Répons *Si quæris miracula*. Dès que l'Antienne fut terminée, des pêcheurs se présentèrent : ils rapportaient la bourse retrouvée dans un de leurs filets.

3° Un chevalier, originaire de Trente,

faisait, en compagnie de quelques amis, une promenade sur mer. Ayant voulu montrer un anneau précieux qu'il avait, on le laissa échapper en se le passant de main en main, et il tomba dans l'eau. Le jeune seigneur, fortement peiné, employa de suite d'habiles plongeurs pour rechercher ce bijou ; mais tous leurs efforts furent vains. Le chevalier, revenu sur le rivage, alla conter sa mésaventure au gardien du couvent des Mineurs, qu'il connaissait particulièrement. Le bon religieux lui conseilla de faire dire une messe à saint Antoine, et d'y assister. Cet avis fut suivi sur-le-champ. Après le saint sacrifice, le gentilhomme passa sur le marché et y acheta plusieurs gros poissons, qu'il offrit, comme aumône, au monastère. Le cuisinier s'étant mis en mesure de préparer un de ces poissons pour le dîner des religieux, découvrit, dans le ventre de l'animal, l'objet dont la perte était si vivement ressentie

4° Le célèbre Ambroise Catharin, religieux de l'Ordre de saint Dominique, et archevêque de Conza, a laissé plusieurs ouvrages, et, entre autres, un livre intitulé : *De la Gloire des Saints*. Étant parti, en 1536, de Toulouse pour Lyon, il emportait avec lui ses principaux manuscrits. Quand il eût parcouru quelques lieues de chemin, il s'aperçut, avec un profond regret, qu'il n'avait plus le carton qui renfermait ses papiers. Il revint aussitôt sur ses pas, mais il ne retrouva rien : le fruit de ses études et de ses veilles était perdu. Rentré à Toulouse, il fit faire d'actives recherches par le gouverneur de la ville, son ami ; mais ce fut sans résultat. Il se décida donc à se remettre en route pour

Lyon. Dans sa tristesse, il songea à saint Antoine de Padoue, et le pria avec ferveur. Il émit spécialement le vœu d'inscrire, dans son traité de la *Gloire des Saints*, le récit du bienfait qu'il sollicitait par l'intercession du thaumaturge. A peine cette promesse était-elle énoncée qu'un voyageur se présentait, tenant sous son bras le portefeuille du pieux prélat.

5° On peut réclamer le secours de saint Antoine pour les plus petites choses. Un religieux sicilien, ayant perdu un grain de son chapelet, se mit à le rechercher avec soin ; mais ce fut inutilement. Alors il lui vint à l'esprit de réciter, en l'honneur de saint Antoine de Padoue, l'antienne *Si quœris miracula*. Après cette prière, il regarda de nouveau autour de lui, et il aperçut un insecte qui roulait le grain perdu.

6° Dom Inico Maurique, évêque de Cordoue, avait la plus grande dévotion à saint Antoine. Aussi il en obtenait une foule de faveurs. Cependant son fidèle protecteur sembla, une fois, lui retirer son appui. L'évêque ayant perdu l'anneau de son sacre désirait ardemment le retrouver. Il avait, pour atteindre ce but, adressé un grand nombre de supplications au Bienheureux. Mais les semaines s'écoulaient, et le précieux objet ne reparaissait pas. Un jour que l'évêque était à table avec plusieurs personnes, on vint à parler des miracles des saints. Dom Maurique dit, à ce sujet, qu'il avait beaucoup de confiance à saint Antoine, et qu'il lui était redevable de plusieurs grâces signalées...; mais, ajoutait-il, j'ai néanmoins un peu à me plaindre de lui ; car depuis assez longtemps je le conjure de me faire retrouver une chose à laquelle j'attache un grand prix, et il ne m'exauce pas. Aussitôt une main invisible déposa, au milieu de la table, un anneau épiscopal. Toute l'assistance se répandit en actions de grâces envers saint Antoine.

7° L'an 1600, un enfant de trois ans, de la province de Nangazaki, au Japon, avait disparu; et, malgré toutes les investigations imaginables, on ne le retrouvait pas. Les parents désolés se rendirent à la résidence des Jésuites, exposèrent leur situation, et demandèrent, en pleurant, ce qu'il y aurait encore à faire... Un des Pères leur conseilla de se confesser, de venir ensuite entendre la sainte Messe et de recommander leur fils à la sainte Vierge, à l'Ange gardien et à saint Antoine, le patron invoqué *pour recouvrer les choses perdues*. Ils exécutèrent ponctuellement toutes ces prescriptions, et, le soir même, le jeune enfant fut retrouvé, sain et sauf, dans un lieu de très difficile accès, et où il n'avait pu être transporté que par le démon [1].

Il est évident qu'on peut solliciter toutes sortes de grâces par les mérites de saint Antoine, mais on s'adresse plus généralement à lui dans quatre circonstances spéciales : 1° pour retrouver les objets égarés; 2° pour la guérison des maladies; 3° pour connaître les intentions de Dieu sur soi-même ou sur les autres; 4° pour le succès des entreprises qui accroissent la gloire du Seigneur, le salut du prochain, ou simplement encore ses intérêts temporels. L'important est de prier avec une foi vive, une grande confiance, en commençant surtout par purifier sa conscience et en faisant la

[1] *Acta SS. Junii*, tom. II, pag. 752 et seq. — Luigi da Missaglia, *Vita di sant' Antonio di Padova*, Parma, 1776, p. 335 et seq.

sainte communion ; c'est alors qu'on pourra tout espérer de la puissante intercession de celui qui a mis son bonheur, pendant sa vie entière, à soulager tous les genres d'infortunes.

M. Chavin de Malan nous dit qu'il y a une ancienne tradition qui erre sur toutes les lèvres, et qui prouve combien est grande et profonde la vénération du peuple pour l'apôtre franciscain. Sous le pontificat de Nicolas IV, des maîtres mosaïstes placèrent, dans une de leurs compositions, saint Antoine et saint François au milieu des Apôtres. Boniface VIII, jugeant cela peu convenable, ordonna à un artiste d'effacer l'image de saint Antoine et de la remplacer par celle de saint Grégoire ; mais, au premier coup de marteau, une force invisible le repoussa rudement et ne lui permit pas de poursuivre une action qui apparraissait comme un sacrifice [1]. »

Voici en quels termes les Bollandistes nous rapportent cet événement merveilleux : « Sous le Pontificat de Boniface VIII, on répara la tribune de la basilique de Latran. Deux Frères Mineurs, très habiles artistes, furent chargés d'y faire des peintures en mosaïque. Quand ils eurent représenté les figures qu'on leur avait désignées, ils s'aperçurent qu'il restait encore des places inoccupées. Ils s'avisèrent de les remplir en y adaptant les portraits de saint François et de saint Antoine de Padoue. Le travail était fait, lorsqu'on découvrit que les moines avaient outrepassé leur mandat. On avertit le Saint-Père, et on s'efforça de lui persuader qu'il ne devait pas laisser impunie une pareille audace. Boniface VIII

[1] *Histoire de saint François d'Assise*, chap. IX.

parla ainsi aux clercs qui étaient venus dénoncer la conduite des Franciscains : « Pour saint François, puisqu'il est là, il faut le tolérer ; mais qu'avons-nous à faire, en ce lieu, de saint Antoine de Padoue ? Allez donc, effacez cette peinture, et faites-la remplacer par l'image de saint Grégoire. »

Les clers coururent de suite à Latran, et se mirent en mesure de faire disparaître les traits de saint Antoine. Mais le premier qui osa s'approcher du tableau aperçut une figure courroucée qui le repoussa violemment et le jeta à terre. Les autres éprouvèrent successivement le même sort. Alors, saisis de frayeur et comme frappés de vertige, ils furent forcés de renoncer à leur projet. Et, d'après le témoignage des deux Frères Mineurs, quelques-uns de ces jeunes gens furent frappés de mort, à l'instant même, et les autres disparurent en peu de temps. Le Pape, informé de ce qui venait d'avoir lieu, s'écria : « Laissons ce saint occuper l'endroit qu'il a choisi, car il est manifeste qu'en l'attaquant, nous aurions plus à perdre qu'à gagner [1]. »

Le Souverain Pontife Léon XIII demandait un jour à Dom Locatelli, agenouillé devant lui : « D'où êtes-vous ? — De Padoue, Saint-Père. — De Padoue ! Quel bonheur ! Aimez-vous beaucoup votre saint, votre grand saint Antoine ? — Ah ! Saint-Père, si je l'aime ! Je suis né, j'ai grandi près de son tombeau, et j'ai le bonheur de porter son nom. — Mon fils, vous ne l'aimez pas encore assez ! Il faut l'aimer, il faut le faire aimer ; car saint Antoine, sachez-le bien, n'est pas seulement le saint de

____

[1] *Acta SS. Junii*, t. II, p. 739.

Padoue, il est le saint de tout l'univers [1]. »

C'est pour faire connaître le « saint de tout l'univers », et répondre aux désirs de Léon XIII, ainsi qu'aux sollicitations des personnes pieuses, que nous avons voulu faire suivre d'un abrégé de la vie de saint Antoine de Padoue la neuvaine de ce grand saint, que nous avons publiée, il y a quelques années, à la recommandation du Saint Homme de Tours (M. Dupont), qui avait une si grande dévotion pour le saint thaumaturge.

Le moment nous semble d'autant plus favorable que les événements viennent de donner un nouvel attrait à cette dévotion ; chacun veut connaître sa vie et ses vertus et, en le connaissant mieux, on l'aimera davantage.

[1] *Les grandes gloires de saint Antoine de Padoue*, par le R. P. MARIE-ANTOINE.

La ville de Padoue a eu l'honneur de l'enfanter à la vie de l'éternité, mais c'est à Lisbonne, vieille et gracieuse cité bâtie sur la rive droite du Tage, que naquit notre bienheureux, le 15 août 1195. Son père, Martin de Bouillon, sa mère, Thérèse Tavera, issus l'un et l'autre de familles illustres, unissaient la bravoure à la piété. Don Martin descendait de Godefroy de Bouillon, le chef de la première croisade, et, en récompense de ses glorieux faits d'armes, il avait été nommé gouverneur de Lisbonne. Les ancêtres de Thérèse Tavera avaient régné, au VIII° siècle, sur les Asturies. Dieu bénit leur union. Le nouveau-né fut porté avec une grande solennité sur les fonds sacrés où il reçut le nom de Fernando (Ferdinand).

En berçant son fils sur ses genoux, elle lui apprend à répéter le doux nom de Marie

et, en grandissant, elle lui fait balbutier
une de ses hymnes les plus connues : *O*

Ferdinand chasse le démon en traçant une croix sur le marbre

glorieuse souveraine : aussi le culte à Marie
le guidera-t-il pendant toute son existence

Sous cette douce influence, toutes les vertus germent et s'épanouissent dans son
cœur. A dix ans, il fait vœu de virginité
devant un tableau de la Madone et entre à
la maîtrise de la cathédrale pour se former
à la vertu en même temps qu'à la science.

C'est à cette époque qu'eut lieu le premier miracle dont parlent les hagiographes.
Comme il priait avec une angélique ferveur dans le sanctuaire de Notre-Dame-del-
Pilar, le démon lui apparaît, astucieux,
épouvantable, essayant de l'intimider pour
le détourner de ses voies. L'adolescent, se
souvenant de la puissance du signe de la
Rédemption, s'incline, et avec son doigt, il
trace une croix sur le marbre. L'ange des
ténèbres disparut aussitôt, mais la croix
miraculeuse est toujours visible, et ce
vestige ineffaçable est demeuré l'objet
d'une grande dévotion. Après cette lutte

avec le prince des ténèbres le jeune Ferdinand rentra en lui-même, se livrant à des réflexions sérieuses sur la brièveté du temps et le néant des grandeurs d'ici-bas. Cinq ans après, il dit adieu au monde, pour entrer chez les chanoines réguliers de l'ordre de saint Augustin, d'abord à Lisbonne, ensuite dans leur monastère de Sainte-Croix, à Coïmbre.

Il y trouva ce qu'il cherchait : la solitude et la paix de Dieu ; et, comme la Providence l'avait richement doté, tous les trésors de la science s'entassaient sans effort dans sa mémoire, qui était prodigieuse. Ses maîtres ne pouvaient taire leur admiration en face d'une sainteté et d'une érudition si extraordinaires ; aussi tant d'avantages décidèrent-ils ses supérieurs à le présenter aux ordres sacrés, qu'il reçut avec un redoublement de ferveur, en 1219. Après quelques années passées dans cette humble retraite, il fit part de ses aspirations intimes à ses supérieurs et de son désir d'entrer chez les Franciscains de la petite ville d'Olivarès, avec l'espoir d'aller prêcher l'Évangile au Maroc, et d'y sceller de son sang les enseignements du christianisme. Après avoir obtenu l'autorisation du Prieur, il quitta la robe blanche des chanoines de Saint-Augustin pour prendre la bure franciscaine, c'est-à-dire la pauvreté séraphique sous le nom d'*Antoine*, que l'histoire lui a conservé [1].

---

[1] Saint François d'Assise n'avait laissé en mourant, à ses nombreux disciples, membres d'une chevalerie nouvelle qui devait se répandre dans tout l'univers, d'autre héritage que l'amour qu'il portait à Dieu et à l'humanité souffrante. Ses disciples recueillirent pieusement ce legs, et les légendes franciscaines de ce temps héroïque nous montrent saint Antoine de Padoue, que le patriarche séraphique se plaisait à appeler « son disciple bien-aimé », aimant avec passion la pauvreté, la Croix, les pauvres, les malheureux, tous ceux qui souffrent. C'est là qu'est la vraie cause de son influence sur les âmes, c'est par là qu'il est devenu un saint populaire.

Dans la crainte d'être arrêté par ses parents, qui pouvaient trouver cette tentative téméraire, il précipita son départ et s'embarqua pour le Maroc en novembre 1220. — Mais, hélas! à peine le jeune missionnaire a-t-il abordé sur ces plages inhospitalières qu'une fièvre violente, des douleurs, le forcèrent à s'aliter pendant tout l'hiver. — Son désir du martyre ne sera donc pas satisfait; non, il ne tombera pas sous le cimeterre des infidèles; Dieu lui destine le sol de l'Europe, où il doit moissonner des âmes et mériter ainsi l'auréole de l'apostolat, tandis qu'il réserve à d'autres la palme du martyre.

Lorsqu'il eut recouvré la santé, il résolut de se rendre à Messine, où avait lieu la convocation du chapitre général de l'ordre, pour se mettre à la disposition de ses supérieurs. Le saint fondateur répartit les charges, indiqua les nouvelles missions, les résidences, et saint Antoine fut oublié comme inconnu au milieu de ses frères, lui qui devait en être le plus célèbre. Dieu permettait cette humiliation sans doute parce qu'il réservait cette lumière pour un temps plus opportun. Le Père provincial de Boulogne lui désigna alors l'ermitage de *Monte-Paolo*, près de Forli, où il pourrait se livrer à la contemplation, tout en remplissant les charges les plus basses de la maison [1].

Mais le moment approche où la Provi-

[1] Les Franciscains, en se faisant pauvres, honoraient la pauvreté, c'est-à-dire la plus méprisée et la plus générale des conditions humaines ; ils calmaient ainsi les ressentiments des classes indigentes, et les réconciliaient avec les riches qu'elles apprenaient à ne plus envier. Saint Antoine, en épousant la pauvreté, à l'exemple de son glorieux père saint François, avait adopté le meilleur moyen d'apaiser cette vieille guerre de ceux qui ne possèdent pas contre ceux qui possèdent, et par là il mérite un nouveau titre à la reconnaissance des peuples.

dence va décider, dans une séance mémorable, de l'avenir de notre jeune saint.

L'an 1222, les cérémonies de l'ordination appelaient à Forli plusieurs religieux qui devaient recevoir les ordres sacrés. Le P. Gratien, provincial, s'y était rendu avec le Frère Antoine; il offrit l'honneur de l'allocution qui devait être prononcée en cette circonstance aux Frères Prêcheurs qui assistaient à la cérémonie ; sur leur refus de parler ainsi à l'improviste et sans préparation, il chargea son compagnon de voyage d'adresser aux ordinands quelques mots d'édification, simples et sans recherche. Il baissa la tête, gardant le silence, mais, par obéissance, il commença à parler. Il prit pour texte de son discours les paroles de l'Apôtre : « Le Christ s'est fait obéissant jusqu'à la mort sur la croix. Un de ses biographes s'exprime ainsi au sujet de son sermon : « il plaça sous les yeux des lévites du Sanctuaire, dans la peinture du Prêtre par excellence, du Pasteur des pasteurs, l'idéal du sacerdoce et le modèle parfait du dévouement. Sa parole, d'abord timide, devint bientôt rapide, entraînante, enflammée ; son corps, affaibli par les jeûnes, courbé par la maladie, se redressa ; ses traits s'illuminèrent ; ses gestes retrouvèrent cette grâce et cette ampleur que donne une éducation princière. En même temps il emportait son auditoire sur les sommets de la théologie mystique. Tous, évêques, dominicains, franciscains, ordinands, surpris, hors d'eux-mêmes, croyaient entendre un écho de la voix des prophètes et versaient des larmes d'attendrissement. Ils ne savaient ce qu'ils devaient le plus admirer chez l'éloquent religieux, ou la beauté de son génie ou la profondeur de son humilité. »

Le Provincial de Bologne, dans son ravissement, remercia Dieu de lui avoir inspiré de faire briller aux yeux des assistants cet éclatant flambeau de la science théologique, puis il informa du succès de son protégé le séraphique saint François ; il permit alors au père Antoine d'annoncer la parole de Dieu dans toute la péninsule. Il était tellement doué pour la prédication qu'il avait toutes les qualités qui distinguent l'orateur sacré : la douce persuasion, le feu de l'entraînement, la connaissance parfaite du cœur humain et la science de l'Évangile ; aussi, les miracles de toutes sortes viennent donner une nouvelle force à sa parole.

Rentré à Bologne, ses supérieurs lui ordonnèrent de franchir les Alpes et de se rendre à Montpellier, ville où venait de se réunir un concile provincial pour apaiser les troubles du Midi. Il prêchait partout, s'adressant de préférence aux petits, aux déshérités, avec un désintéressement parfait afin de les gagner tous à Dieu. Le jour de Pâques 1221, comme il prêchait dans la cathédrale de Montpellier, il se souvint qu'il avait été désigné pour chanter en ce moment même une messe solennelle dans la chapelle de son couvent et qu'il avait oublié de se faire remplacer. Désolé de cet oubli, il s'enveloppa la tête de son capuchon et demeura immobile, à l'étonnement des spectateurs. Un prodige de bilocation venait de s'opérer : Dieu permettait qu'il chantât l'office, en personne, dans son monastère, tandis que, l'office terminé, il reprenait ses sens, se redressait et continuait sans aucune émotion le discours commencé.

Quand il eut terminé sa prédication, il se

disposait à rentrer sans bruit dans son couvent pour se remettre à l'étude, lorsqu'un nouveau miracle s'accomplit.

Son fameux *Commentaire sur les Psaumes* était achevé depuis quelque temps. Il se disposait à l'envoyer au Père François qui avait manifesté le désir de parcourir ce grand travail. Il plaça le paquet préparé avec soin sur sa table et descendit trouver un de ses frères pour lui demander un conseil. Un Frère pour qui la vie monacale n'avait plus d'attrait et qui avait résolu de retourner dans le monde profita de cette courte absence pour s'introduire dans la cellule du Père Antoine. S'emparant du précieux paquet, il quitte le cloître. Le Père Antoine étant remonté dans sa cellule s'aperçut du vol commis à son préjudice, et en ressentit une grande peine. Il attachait une grande valeur à cet ouvrage, qui lui avait coûté tant de veilles. Il se mit aussitôt à prier Dieu pour retrouver son précieux paquet. Pendant ce temps, l'auteur du larcin, dans sa fuite, se disposait à traverser une rivière. Effrayé à la vue d'un monstre qui le menaçait de terribles châtiments et lui reprochait son vol odieux, il retourna vers ses frères. Le Père Antoine rentra en possession de son précieux manuscrit. Le moine ayant montré un repentir sincère de sa faute fut pardonné et reprit, à l'édification de ses frères, la règle monastique que, dans un moment de faiblesse, il avait voulu abandonner.

C'est à ce fait mémorable, connu de tous et transmis de générations en générations, que l'on doit attribuer la grande confiance du peuple en la puissance particulière de saint Antoine pour faire retrouver les objets perdus ou égarés.

Vers la fin de la même année, le jeune prédicateur fut transféré de Montpellier à Toulouse, où un couvent de Frères Mineurs venait d'être construit dans le but d'en faire un rempart contre les envahissements de l'hérésie. Ses biographes nous rapportent qu'on ne se lassait pas d'admirer son éloquence, sa bonté, son esprit de prudence, son zèle, qui conquirent toutes les sympathies. Sa dernière ressource était le miracle, et il y recourait de temps en temps.

C'est ce qu'il fit dans une circonstance solennelle. Un Albigeois, hérétique ébranlé, mais non convaincu par les prédications de saint Antoine, se refusait à admettre la présence réelle de Notre-Seigneur dans la sainte Eucharistie. « Il ne me suffit pas de croire, disait-il, je voudrais voir. » Et, comme aux Juifs, il lui fallait un miracle, répétant sans cesse qu'un phénomène visible était plus démonstratif qu'un raisonnement. « J'ai une mule, lui dit-il, je l'enfermerai et je la laisserai trois jours sans nourriture ; alors je la conduirai sur la place publique, et je lui présenterai de l'avoine ; de votre côté, vous apporterez l'ostensoir contenant l'hostie, et qui, d'après vous, renferme le corps du Divin Crucifié. Si elle refuse la nourriture et qu'elle se prosterne de préférence devant le Saint-Sacrement, je me ferai catholique. » O prodige ! à la voix du thaumaturge, la bête, sans s'occuper de sa pâture, s'avance et s'agenouille devant l'ostensoir, dans l'attitude de l'adoration. Ceux qui doutaient furent affermis dans leur croyance ; quant à l'hérétique, il ne résista pas au miracle, il se convertit, lui et sa famille, et, en souvenir de ce grand bienfait, il fit construire une église sous le vocable de

Saint-Pierre. Quelques contemporains prétendent que le thaumaturge renouvela le

La mule s'agenouille devant l'ostensoir.

même miracle à Bourges, et que l'église appelée Saint-Pierre-lès-Guillard fut élevée en reconnaissance de ce fait par le converti qui portait le même nom.

Tandis qu'Antoine était à Toulouse, le 14 août, on devait lire dans son monastère, à l'office de *Prime*, le martyrologe d'Usuard qui, au sujet de la belle fête de l'Assomption, disait que l'Église ne s'était pas prononcée sur l'assomption corporelle de la sainte Vierge. Blessé dans sa conscience et ses convictions, il était perplexe, quand sonna l'heure de se rendre au chœur. C'est alors que la sainte Vierge lui apparut pour consoler son dévoué serviteur, qui avait porté si haut les grandeurs et les prérogatives de la Vierge Immaculée. Elle était environnée d'une lumière brillante comme les étoiles, plus limpide que l'eau des torrents plus blanche que la neige, et elle lui dit avec douceur : « Sois bien persuadé que je suis restée trois jours dans le sépulcre, préservée de la corruption et de la morsure des vers, et que je suis montée

au ciel en corps et en âme, sur l'aide des
anges, à la droite du Fils de Dieu, suivant
la tradition de la sainte Église. » Après

Apparition de la Vierge Immaculée à saint Antoine.

cette vision, Antoine, rempli de joie, devint plus que jamais l'apôtre du glorieux
mystère de l'Assomption.

En septembre, 1225, celui qu'on appelait le *marteau des Albigeois* fut nommé gardien du Puy-en-Velay, n'ayant encore que trente ans. Son éloquence, ses vertus jetaient un tel éclat que ses supérieurs lui confièrent sans hésitation la direction d'une maison de l'Ordre. La première conversion qu'il fit dans le pays fut celle d'un notaire, dont la conduite était fort légère et le caractère emporté. Chaque fois que le saint thaumaturge le rencontrait dans les rues, le notaire se livrait contre le religieux et son humble costume à des sarcasmes et à des plaisanteries. Le Père, au lieu de lui répondre, s'arrêtait en s'inclinant respectueusement devant lui. Un jour, prenant cette marque de politesse pour une raillerie, le notaire, en le menaçant de son épée, s'emporte et lui demande ce que signifient ces extravagances. Il lui répondit d'une voix douce et calme: « Frère, j'envie votre bonheur ; j'ai toujours demandé le martyre ; Dieu ne m'a pas exaucé, mais il m'a révélé que cette faveur vous était réservée. Souvenez-vous de ma prédiction quand le moment sera venu. » — Ces mots firent sourire le notaire, tant ils lui paraissaient insensés, et cependant la prédiction du Père ne devait pas tarder à se réaliser. — Quelques années plus tard, parti pour la Palestine avec un groupe de pèlerins, il ne craignit pas d'affirmer sa foi en face des disciples de Mahomet, qui l'ar-rêtèrent et le condamnèrent à avoir la tête tranchée.

Il se souvint alors de la prédiction de saint Antoine, et la confirma aux fils de saint François qui l'exhortaient au martyre.

Un autre jour, dans la même ville, une châtelaine, à la veille de devenir mère, se recommandait aux prières du disciple de saint François. Il lui répondit de suite, comme inspiré : « Soyez sans crainte : Dieu vous donnera un fils qui portera la bure franciscaine ; il sera martyrisé et illustrera l'Église. » Cette prédiction s'accomplit encore textuellement. Quand l'enfant fut devenu majeur, il se fit Frère Mineur et partit quelques années plus tard dans une mission contre les Sarrazins. Fait prisonnier avec deux mille chrétiens, il demanda à être décapité le dernier, cela dans le but d'encourager ses compagnons. Pendant qu'ils subissaient le martyre, pour lui imposer silence, on lui coupait jambes, bras et même la langue. Après quoi, il eut la tête tranchée et s'en alla rejoindre ses frères.

Quelque temps après, en septembre 1226, le chapitre provincial d'Arles, présidé par

Jean Bonelli, le nommait *custode* de Limoges,
ce qui veut dire le supérieur de plusieurs
monastères relevant de cette ville, avec la
charge de maintenir la discipline à l'inté-
rieur, et de prêcher au dehors en excitant
la foi et la piété, ainsi qu'à la propagation
de l'Ordre.

Ses prédications, à Limoges, excitaient
un tel enthousiasme qu'il lui fallait prêcher
en plein air, les églises n'étant plus assez
spacieuses pour contenir les foules qui
accouraient pour l'entendre. Au milieu de
l'un de ses sermons, un orage éclate sur la
ville, les nuages s'assombrissent, les éclairs
déchirent les nues, chacun commence à
fuir, lorsque le Bienheureux, toujours
confiant dans sa mission, leur crie : « Vous
n'avez rien à craindre, la pluie même ne
vous atteindra pas. » En effet, les auditeurs
remarquent avec une certaine stupéfaction

que, selon sa promesse, la pluie inonde les
rues de la cité pendant qu'il ne tombe

Vous n'avez rien à craindre ; la pluie
ne vous atteindra pas.

pas une seule goutte d'eau sur la place.
Dans toutes les villes du Limousin, aussi

bien que dans les campagnes, tous faisaient appel à son dévouement, les petits surtout, les déshérités de la vie, les malades, les pécheurs, qui l'appelaient le *semeur de miracles*. Un jour, au moment de son arrivée dans un village, une mère préparait un bain pour son enfant malade. Dans son empressement à courir au-devant du saint, elle déposa son enfant dans une baignoire d'eau bouillante au lieu d'eau tiède. A son retour du sermon, se rappelant sa méprise, plus morte que vive, elle accourait.. Quel ne fut pas son étonnement en trouvant son enfant dans la baignoire, le sourire sur les lèvres et sans aucune brûlure n'ayant en rien souffert de la distraction de sa mère [1].

Un soir, chez le seigneur de Château-

[1] *Liber miracul.*

neuf, dont il était l'hôte, rentré dans sa chambre, pendant qu'il veillait, le divin

Le Divin Jésus se présenta à lui sous la forme
d'un enfant resplendissant de douceur.

Jésus se présenta sous la forme d'un enfant resplendissant de douceur, tandis qu'il

était lui-même environné d'une clarté plus
éclatante que celle du soleil ; il le combla
de caresses, lui prodiguant ses paroles les
plus aimables. Le propriétaire du manoir,
remarquant qu'une vive lumière s'échap-
pait de la chambre du Bienheureux, eut
la curiosité d'en approcher. C'est alors
qu'il aperçut le Maître de toutes choses
prodiguant à son disciple des caresses à
rendre jaloux les anges du ciel, s'il pouvait en être ainsi. Le visage d'Antoine,
transfiguré par cette vision, rayonnait de
joie. Suivant la promesse qu'il en avait
faite au Bienheureux, le châtelain ne
divulgua ce secret qu'après la mort du
thaumaturge.

Le Bienheureux, avant de quitter son
hôte, lui avait annoncé que la maison des
seigneurs de Châteauneuf serait illustre et
heureuse tant qu'elle resterait attachée à la

foi catholique; mais qu'elle périrait le jour où son chef abandonnerait la vraie religion. C'est ce qui arriva au xviie siècle, quand le chef de cette maison se fit calviniste. Après sa mort, dans un combat, sa maison fut détruite.

Cette vision a été reproduite bien des fois par la peinture et dans des tableaux qui représentent saint Antoine prodiguant des caresses à l'Enfant Jésus.

Il se rendit ensuite à Brive fonder un ermitage aux environs de cette ville, creuser une grotte dans le roc, près d'une fontaine où il pouvait se désaltérer, tout en se livrant aux douceurs de la contemplation; les eaux de cette fontaine, sanctifiées par sa présence, produisent encore, sur les malades qui en goûtent avec foi, le recouvrement de la santé. Ses miracles le suivirent jusque dans ce désert; mais ils sont si nombreux qu'il faut nous borner, vu le cadre de ce volume.

Les biographes du temps rapportent encore qu'un étang, qui se trouvait auprès du monastère de Montpellier, portait le nom de *lac de Saint-Antoine*, parce qu'il avait imposé silence à des grenouilles fort nombreuses, dont les coassements troublaient les religieux dans leurs prières et leurs études.

La Provence fut sa dernière étape, avant de quitter la France. Harassé de fatigue, une femme du peuple l'engagea à venir se reposer dans sa maison; elle lui apporta du pain et du vin, mais, en retournant à son cellier, elle s'aperçut qu'elle avait oublié de fermer le robinet du tonneau, et que le vin s'était répandu à son grand détriment, car elle n'était pas riche. Elle fit part de son désespoir au Bienheureux, qui se mit de suite à prier avec ferveur, en se cachant la tête dans ses deux mains pour conjurer tout à son aise le Maître du ciel d'avoir en compassion une si généreuse chrétienne.

Quelle fut sa surprise lorsqu'elle revint au caveau ; le tonneau était rempli. Elle ne savait comment remercier le thaumaturge, lorsque ce dernier prit le parti de se dérober à ces louanges qui ne devaient être rapportées qu'à Dieu seul. Ce fut le dernier miracle que saint Antoine fit en France.

Il fit alors ses adieux à la France, à ces montagnes illustrées par le repentir de sainte Madeleine, à cette terre du Languedoc qu'il avait arrosée de ses sueurs, et dont il restera toujours le saint populaire ; puis, il aborda en Italie.

SAINT ANTOINE EN ITALIE

Saint Antoine se rendit directement à Rome. Il y arriva au moment de la Semaine Sainte, fier de la visiter au milieu de son triomphe et de ses pompes religieuses qui surpassent toutes les autres ici-bas, de pouvoir prier librement sur le tombeau des Apôtres, baiser avec respect les ruines du Colysée, dont l'arène a été teinte du sang de tant de martyrs. Grégoire IX gouvernait alors l'Église, et la réputation de sainteté du Bienheureux l'avait déjà précédé dans la Ville Éternelle. Il lui ordonna d'annoncer au peuple et aux nombreux pèlerins de nations et de langues différentes les indulgences des stations de la Semaine Sainte, en même temps qu'une croisade contre les Infidèles. Le Bienheureux répondit sans hésitation à la voix du Saint-Père, et le prodige opéré le jour de la Pentecôte se renouvela le jour de Pâques : tous l'entendirent, chacun dans sa langue; aussi Grégoire IX, dans son ravissement, le surnomma-t-il l'*arche vivante de la Bible* [1].

Il se dirigea ensuite vers Assise, le berceau de l'Ordre et le tombeau du fondateur. Son cœur dut battre bien fort lorsqu'il visita la cellule qui avait reçu le dernier soupir du Patriarche séraphique. Il baisa avec amour la pierre de son tombeau et y pria longtemps.

Nommé Provincial de Bologne, il se

[1] *Liber miracul*

rendit à Rimini, ville qui était fortement
entachée de manichéisme et un des principaux foyers des ennemis les plus acharnés
contre l'Église. Malgré son zèle et son éloquence, la secte ne se convertissait pas ;
aussi, après avoir ouvert son âme et répandu son affliction devant Celui qui a
souffert la mort pour le salut du monde,
il engagea ce peuple à le suivre sur la
grève, et, se tournant vers les flots de
l'Adriatique, il s'écria : « Poissons des
mers et des fleuves, écoutez, c'est à vous
que je viens prêcher l'Évangile, puisque
les pécheurs refusent de m'entendre. »
A ces mots, une innombrable quantité de
poissons vinrent se ranger devant lui, tous
ayant la tête hors de l'eau, les plus petits
sur le premier rang, les plus gros en ar-
rière, les engageant à remercier le Créateur
auquel ils devaient une reconnaissance

bien grande pour les avoir tirés du néant
et leur avoir fixé une si noble demeure.
Après leur avoir rappelé tout ce que Dieu

Poissons des mers et des fleuves, écoutez.

avait fait pour eux, il les bénit, les engageant à rentrer dans leur élément ; puis,
l'apôtre se tournant vers la foule qui l'avait

suivi : « Vous êtes les témoins de ce que des créatures sans raison écoutent ma parole avec une plus grande attention que des hommes créés à l'image de Dieu. » Ce prodige les émut si fortement qu'ils se jetèrent aux pieds du thaumaturge, le priant de les éclairer et de les instruire des mystères de la foi chrétienne.

Dans une autre circonstance, des Pharisiens, croyant le mettre dans un grand embarras dont il ne pourrait sortir, invitèrent le Bienheureux à dîner, dans l'intention de lui présenter un mets empoisonné, mais ils comptaient évidemment sans l'intervention divine. « Prenez ce poison, lui dirent-ils; s'il ne vous fait aucun mal, nous vous promettons d'abjurer nos erreurs; car, si vous croyez à la vérité de l'Évangile, pourquoi douteriez-vous du Fondateur de votre religion ? » — « Pour le

salut de vos âmes, je le prendrai », dit-il.
Et, faisant un signe de croix sur le mets
empoisonné, il le mangea sans éprouver le
plus petit malaise. C'est ainsi que l'apôtre,
qui avait abordé Rimini dans la tristesse,
le quitta dans la joie, au milieu du
triomphe que lui accordait le souverain
Maître [1].

A Gémona, lors de la fondation du couvent de cette ville, comme il dirigeait la
construction de cet édifice, il pria un
paysan, qui passait sur la route, de lui
prêter sa charrette pour transporter des
briques. Le paysan, peu décidé à lui prêter
gratuitement son chariot, lui répondit qu'il
ne pouvait obtempérer à son désir, parce
qu'il emportait un mort. Il dissimulait la
vérité, car le prétendu mort était son fils qui
dormait étendu dans le chariot. Le bouvier

[1] *Liber miracul.*

veut alors le réveiller pour lui raconter comment il avait attrapé le moine, mais ses efforts furent vains : son fils était bien mort. Stupéfait et repentant à la vue du cadavre, le paysan quitta son char pour se jeter aux pieds du thaumaturge, le priant en sanglotant de lui rendre son fils. L'affliction du père lui fut si pénible que l'apôtre s'approcha du chariot, fit le signe de la croix sur le cadavre, prit le jeune homme par la main en lui ordonnant de se lever. Le jeune homme se redressa aussitôt et revint à la vie.

L'année suivante, 1228, Antoine quitte Gémona, traverse Trévise et Venise à la hâte, car il lui tarde de voir Padoue et le monastère de ses frères. Il y prêche le Carême, évangélise toute la région, qui ne se lasse pas d'entendre une éloquence aussi irrésistible et multiplie les miracles ; ici, c'est une mère qui lui présente son enfant

Saint Antoine ressuscite un mort.

en paralysie, et qu'il guérit; là, c'est un
père qui sollicite l'apôtre pour son enfant

atteint d'épilepsie, et qui est également exaucé. Il convertit les bandits, qu'il réconcilie avec la société, force les usuriers à restituer le fruit de leurs rapines, apaise les discordes politiques, étouffe les haines fratricides ; en un mot, il ramène partout la paix, la rendant surtout aux âmes les plus éprouvées ; aussi, le prince des démons lui livrait-il de fréquents et terribles combats, dont il triomphait toujours avec sa prière habituelle : *O Gloriosa Domina*.

Il évangélisa ensuite la Lombardie, fondant partout de nouveaux foyers franciscains ; à Milan, à Mantoue, il s'attache plus particulièrement à la conversion des Vaudois, leur montrant l'autorité divine de l'Église qui s'affligeait de leurs égarements et les appelait dans son sein pour leur pardonner ; aussi le nombre des abjurations augmentait-il chaque jour.

A cette époque, Saint Antoine reçut du P. Parantyté, son général, l'ordre de se rendre à Florence, car il voyait avec peine sa ville natale déchirée par deux factions puissantes, et il savait que le saint religieux, par l'autorité de son nom et sa réputation de sainteté pourrait y rétablir la paix. Il partit immédiatement et, après avoir prêché la station quadragésimale de 1229, il obtint des conversions nombreuses, tant sa mission fut fructueuse.

Dans cette ville, une scène tragique fit une certaine impression sur les âmes. Le Père fut invité à prendre la parole à l'occasion de l'enterrement d'une personne notable de la ville. Il prit pour texte ces paroles. « Là où est votre trésor, là est aussi votre cœur. » Puis, s'arrêtant tout d'un coup dans son discours, il reprit : il vient de m'être révélé que le défunt a été condamné aux flammes éternelles en punition de son usure et de ses exactions.

D'une voix lugubre il ajoute :

« Ce riche est mort et il est enseveli dans les enfers ! Allez, ouvrez son coffre-fort, vous y trouverez son cœur. »

Effectivement, le coffre fut ouvert, et on y trouva le cœur du défunt.

Pendant son séjour à Florence, il visita plusieurs villes de l'Italie, ce qui le conduisit jusqu'au 25 mai 1230, fête de la Translation de saint François. Convoqué au chapitre général d'Assise, comme tous les provinciaux, les custodes et les gardiens, il s'y rendit avec empressement.

Sans décrire ces fêtes dont l'éclat fut considérable, le religieux, lors de la réunion du chapitre, déclina humblement toutes les charges importantes qu'on voulait lui confier, réclamant avec instance de résider à Padoue, ce qui lui fut concédé.

Vers cette époque, la Lombardie était opprimée par le féroce Ezzélino, gendre de Frédéric II, bourreau renouvelé de Néron, véritable tigre à face humaine. Ce monstre faisait mourir de faim dans les prisons toutes les victimes qu'il y entassait, livrant les villes qu'il prenait d'assaut à la fureur de sa soldatesque. Padoue allait être exposée au même sort; il était déjà aux portes de la ville lorsque les habitants, effrayés, vinrent prier saint Antoine de s'employer à leur délivrance. Se transportant de suite à Vérone, dans le palais du tyran, sans aucun préambule, il l'apostrophe ainsi : « Féroce tyran, le glaive de la justice de Dieu est suspendu sur ta tête, et son jugement sera terrible, si tu continues le cours de tes cruautés. »

Les gardes, étonnés d'un pareil langage, se disposaient, au premier signe de leur

Saint Antoine en face du tyran Ezzélino.

maître, à massacrer l'importun ; mais Ezzélino, revêtu de son armure, vint se jeter aux pieds de l'apôtre et implorer son pardon, tant les yeux du moine lui avaient paru menaçants. « Il me semblait, disait-il à ceux qui l'entouraient, que j'allais être précipité dans les flammes éternelles. » Le thaumaturge profita de cet amendement pour obtenir du tyran toutes les réparations désirables, car il était surtout ennemi de l'oppression.

Cependant l'heure de la récompense était venue pour le Bienheureux. Il en fut averti par révélation, quinze jours avant sa mort, vers la fin de mai 1231. Accompagné d'un religieux, il se transporta à *Campo-San-Pietro*, petit bourg près de Padoue, où il avait obtenu de son Provincial la permission de se retirer pendant quelque temps dans un ermitage, pour y reposer son corps, mais surtout pour s'y livrer à la vie contemplative et méditative. C'est dans cette retraite qu'il eut cet extase où lui fut révélé son prochain départ pour le ciel, dont il entrevoyait toutes les splendeurs. Alors, du sommet du coteau qui domine la ville, il bénit sa chère patrie comme saint François mourant avait béni Assise, en s'écriant : « Sois bénie, ô Padoue, pour ton site ravissant, pour la richesse de ta campagne, mais aussi pour la couronne d'honneur que le Seigneur te prépare [1]. »

Vers l'heure de midi, lorsqu'il prenait son repas, le 13 juin, le Bienheureux sentit que ses forces l'abandonnaient ; il manifesta alors le désir d'être transporté au monastère de Padoue, pour y mourir au milieu de ses frères. On l'emporta ; mais il était tellement épuisé qu'arrivé aux portes de la ville, en face de l'Arcella, monastère des Clarisses, les porteurs l'enga-

____

[1] Jean de Pécham, chapitre xiii.

gèrent à ne pas aller plus loin, disant qu'il
trouverait le calme et le repos à l'hospice,
où résidaient quelques religieux franciscains qui desservaient le monastère. Il y
consentit, et, lorsqu'il eut repris quelques
forces, il se confessa et reçut la sainte
Communion ; puis, d'une voix claire, mais
défaillante, il entonna son hymne favorite :
O Gloriosa Domina, que sa mère répétait à
ses oreilles lorsque, enfant, elle le berçait
sur ses genoux. Comme ses yeux demeu-
raient fixés sur un objet invisible qui pa-
raissait captiver son esprit : « Que regardez-
vous, » lui demandèrent ses frères étonnés ? — « Je vois mon Dieu ! » répondit-il.

Après avoir reçu l'extrême-onction, il
resta, pendant quelques instants, en con-
versation intime avec le Ciel ; puis, dou-
cement, sans agonie, son âme s'envola
dans le sein de Dieu. C'était le vendredi

13 juin 1231 ; le thaumaturge allait avoir trente-six ans.

A peine avait-il rendu le dernier soupir que des groupes d'enfants parcouraient les rues de la ville en criant : *Le Saint est mort ! Saint Antoine est mort !* Son corps était un trésor dont les Clarisses, la ville et les faubourgs se disputaient les reliques avec les Frères Mineurs, qui prétendaient que le Saint avait désigné leur couvent comme devant être sa dernière demeure. La cérémonie des funérailles fut triste, mais imposante. L'évêque de Padoue présidait, suivi du clergé, de l'Université et des plus illustres citoyens. Des aveugles, des paralytiques, qui imploraient le secours du saint, tous ceux qui parvenaient à toucher sa châsse, étaient guéris aussitôt. Ainsi accompagné, il fut enseveli dans la chapelle des Franciscains. La tombe était à peine fermée qu'elle devenait un lieu de pèlerinage où les miracles se multipliaient.

C'est alors que Grégoire IX ordonna de commencer immédiatement les informations juridiques ; l'enquête terminée, à la fin du sixième mois, par une exception unique peut-être dans le martyrologe, le 30 mai 1232, fête de la Pentecôte, le Souverain Pontife promulguait solennellement le décret de canonisation.

Nous ajouterons que les miracles qui se produisirent par son intercession après sa mort furent si nombreux qu'il n'était plus possible de les compter.

A l'occasion de cette canonisation, toutes les villes où les bourgs par où le Saint avait passé pendant sa vie lui élevèrent un monument ou donnèrent des gages de leur respect et de leur attachement.

En 1263, on exhuma les ossements de

saint Antoine, pour les transférer dans une basilique construite en son honneur. Le corps était en cendres, mais la langue fraîche et vermeille comme celle d'une personne vivante. Singulièrement ému de ce prodige, saint Bonaventure, alors Général de l'Ordre, prit avec respect la langue dans ses mains et, la portant à ses lèvres avec effusion, il s'écria : *O langue bienheureuse, toi qui n'as cessé de bénir le Seigneur et d'enseigner aux autres, nous voyons clairement combien tu étais précieuse à ses yeux.* Puis, elle fut remise aux magistrats sur un plateau d'or, pour être placée dans une châsse enrichie de pierres précieuses.

LE PAIN DE SAINT ANTOINE

L'illustre thaumaturge est honoré de plus en plus dans les différents pays catholiques; mais, en France, depuis la Révolution, époque à laquelle ses autels furent détruits, il n'en était presque plus question, lorsque, de nos jours, cette dévotion vient de reprendre un nouvel essor. Le mouvement est parti de la ville de Toulon pour s'étendre dans toute la France. Dieu a choisi un modeste oratoire pour y concéder ses faveurs : Mlle Louise Bouffier, de Toulon, avait eu, tout d'abord, la pensée d'entrer au Carmel; mais, devant soutenir ses parents, elle fut obligée d'y renoncer, se promettant bien de s'en dédommager en se consacrant aux œuvres pies. Une faveur qu'elle obtint par l'intercession de saint Antoine en fut le point de départ. Elle plaça, le jour même, dans son arrière-boutique, une statue du saint qui fut l'origine de grâces multiples et de merveilles qui attirèrent l'attention publique. C'est ainsi que cette pieuse personne devint la propagatrice du culte de saint Antoine, qui s'étendit très rapidement dans la France entière. Puisse ce réveil de la foi nous permettre d'espérer des temps meilleurs !

Dans cet oratoire, une lampe brûle nuit et jour devant la statue de saint Antoine. Deux troncs sont à la disposition des fidèles, destinés l'un à recevoir les demandes, l'autre les offrandes pour les grâces obtenues. Ces offrandes atteignent des sommes considérables avec lesquelles on achète pour les pauvres du bon pain blanc appelé *pain de saint Antoine.* En échange de ce pain, on demande à saint Antoine une grâce quelconque. Présentement, cette œuvre fonctionne en France dans un grand nombre de villes et de paroisses.

Voici quelle est l'origine de cette dévotion : Une amie de Mlle Bouffier ayant, comme elle, une grande confiance dans le pouvoir de saint Antoine, s'adressa à lui en formulant ainsi la demande : « Je donnerai un kilo de pain tous les jours de ma vie aux pauvres en votre nom, si vous corrigez mon parent du vilain défaut que vous lui connaissez et qui m'afflige depuis plus de vingt ans. »

La jeune fille fut exaucée dès le premier jour de sa demande, et elle accomplit son vœu en donnant un kilo de pain aux pauvres tous les jours de sa vie.

Puisse cette dévotion se répandre de

plus en plus pour la gloire de Dieu et de l'Église !

ADRESSE A SON BON ANGE

Avant de réciter les prières à saint Antoine

Mon Ange tutélaire, mon cher Médiateur, qui avez la connaissance des vertus éclatantes et des qualités sublimes qui rendent saint Antoine de Padoue le digne sujet de l'amour de Dieu, des anges et des hommes ; puisque ce Saint est donné au monde pour patron de tous les fidèles, pour l'exemple dans la pratique des vertus et pour l'assistance de tout le monde, dans tous les besoins spirituels et temporels, je vous prie de me faire entrer dans sa bienveillance, afin que, par sa bonté, il daigne me faire ressentir son assistance dans mes besoins ; faites-lui entendre, je vous en conjure, que je l'ai pris pour Avocat, pour mon Consolateur et pour mon Défenseur ;

qu'il me mette à l'abri de sa protection et sous sa garde très fidèle ; qu'il me soulage dans mes peines ; qu'il m'obtienne une entière conformité à la volonté de Dieu, et une protection contre le péché ; qu'il rompe les liens des perverses habitudes qui sont en moi ; et, lorsque j'aurai fait la perte d'un bien spirituel et temporel, que je le recouvre incontinent par son assistance, et que je sois éloigné de tout ce qui pourrait déplaire à la Majesté divine. Pour m'obtenir plus favorablement ces choses et tout ce qui m'est nécessaire, présentez-lui les prières que je vais réciter à son honneur et à la gloire de Dieu. Demandez de même pour mes parents et amis, que les âmes du purgatoire jouissent bientôt du repos éternel, et moi que je puisse sortir de telle affaire N... et qu'il m'octroie telle chose N... si c'est le bon plaisir de Dieu.

MÉTHODE SALUTAIRE

*Pour faire profitablement des neuvaines à l'honneur
de saint Antoine de Padoue*

———

PREMIER JOUR

Glorieux saint Antoine, père très débonnaire, et refuge des affligés, je vous supplie de recevoir mes humbles prières, de m'obtenir de Dieu la force et la grâce pour supporter les maux de cette misérable vie avec courage et patience, de venir à bout des angoisses qui me pressent. Je vous en supplie par la miséricorde que Dieu vous a faite dès votre tendre jeunesse, vous prévenant des douceurs de sa bénédiction et vous attirant à Lui pour l'aimer au-dessus de tout ce qui est créé. Ainsi soit-il.

Pater, Ave.

DEUXIÈME JOUR

Très doux et très aimable Patron, saint Antoine, pensez à moi qui suis votre serviteur : octroyez-moi le vrai repos de mon âme parmi les transes de ce siècle, et m'affranchissez des angoisses où je suis, afin de jouir de la liberté des enfants de Dieu. Je vous en supplie par les grandes douceurs dont votre âme jouissait dans la retraite d'une vie religieuse qui vous rendait ici un vrai citoyen du Ciel et vous y faisait puiser les avant-goûts du Paradis. Ainsi soit-il.

Pater, Ave.

TROISIÈME JOUR

O saint, très aimable et très aimant, échauffez-moi de vos flammes, et allumez dans mon cœur le feu de l'amour divin qui m'encourage pour surmonter les afflictions qui me pressent, et me fasse mourir au monde, à la chair et au péché, pour ne vivre qu'en Dieu. Je vous en supplie par la très ardente charité qui vous brûla le cœur à la vue du sang des Martyrs de l'Ordre de Saint-François, et vous fit changer d'état, afin de trouver le moyen de mourir, comme eux, pour le nom de Jésus. Ainsi soit-il.

Pater, *Ave*.

QUATRIÈME JOUR

Antoine, l'ami de Dieu, je vous recommande la conduite de ma vie humaine, vous suppliant de la régler selon la vôtre, de me tenir la main, de crainte que je ne tombe dans le péché mortel; faites que je m'acquitte dignement de tous les devoirs d'un bon chrétien, sans jamais me séparer des voies de Dieu, pour quelque pressante tribulation ou tentation que ce soit, me gardant de donner scandale à personne, mais plutôt m'efforçant de coopérer au salut de tous et d'un chacun, par parole et bon exemple. Je vous en supplie par le zèle du salut des âmes qui vous fit entreprendre de si grands travaux pour convertir les pécheurs à la pénitence et conduire les bons dans les bonnes voies. Ainsi soit-il.

Pater, Ave.

CINQUIÈME JOUR

Puissant et charitable Médecin, qui guérissez toutes les maladies, tant des âmes que des corps, prenez pitié de moi, car je suis malade, dépourvu de force, languissant et travaillé tantôt du froid, tantôt du chaud : l'orgueil et la vanité, la luxure et la convoitise, la colère, l'impatience et tous les genres de vices sont mes fièvres ; votre puissance s'étend sur tout cela ; guérissez-moi, afin que, jouissant d'une parfaite santé de corps et d'âme, j'emploie l'un et l'autre à servir Dieu et à exécuter de toutes mes forces les œuvres qui lui sont agréables. Je vous en supplie par la vertu avec laquelle vous avez fait tant de guérisons miraculeuses. Ainsi soit-il.

Pater, Ave.

SIXIÈME JOUR

Patron et Protecteur de ceux qui se confient en vous, saint Antoine, je viens vous demander non l'abondance, non pas aussi la pauvreté, craignant que l'une ne m'emporte à la vanité, l'autre à l'impa-

tience, au chagrin et au désespoir, mais
une honnête suffisance des choses nécessaires à l'entretien de ma vie (et de ma
famille). Je suis composé de corps et
d'âme : le corps a besoin de nourriture et
de vêtement ; la grâce est nécessaire à l'âme
pour vivre d'esprit, et servir Dieu qui est
esprit ; tous deux sont exposés à beaucoup
d'infirmités. Père et Proviseur des pauvres,
assistez-moi et me délivrez de tout ce qui
me peut nuire en l'un ou en l'autre. Je
vous en supplie par le soin charitable que
vous avez toujours eu de donner le secours
de votre main à vos dévots. Ainsi soit-il.

Pater, Ave.

SEPTIÈME JOUR

Flambeau lumineux du monde chrétien,
saint Antoine, je vous prie d'éclairer les

yeux de mon esprit, pour connaître les vérités nécessaires à la bonne conduite de mon âme et de celles qui me sont commises, comme aussi pour découvrir les ruses de Satan et les pièges qu'il tend pour me surprendre ; ne permettez pas que je sois séduit par aucune erreur, ni renversé par aucun effort violent d'injure, d'adversité ou de tentation, quoique pressante, afin que, marchant toujours en vérité, je puisse plaire à mon Dieu et sauver mon âme. Je vous en supplie par le don de cette éclatante science que le Père des lumières a si largement répandue sur votre âme bénie, pour en éclairer l'univers. Ainsi soit-il.

Pater, Ave.

HUITIÈME JOUR

Charitable Consolateur des affligés, voyez les angoisses qui me pressent, tirez-moi de ma peine ou demandez à Dieu qu'il me donne une constante résignation, afin d'endurer, pour l'amour de Celui qui, étant innocent, a bien daigné endurer pour les coupables. Je vous prie de ne jamais m'abandonner dans mes disgrâces et d'obtenir les consolations nécessaires à tous ceux qui en ont besoin comme moi. Prenez pitié des pauvres qu'on laisse mourir de faim, des orphelins qu'on fait gémir, et des veuves que l'on opprime cruellement : essuyez leurs larmes, suscitez des protecteurs qui défendent leur cause, des nourriciers qui pourvoient à leurs besoins, des consolateurs qui les encouragent à la patience, afin que, après avoir été fidèles à Dieu, ils méritent d'être introduits dans les Tabernacles éternels. Je vous en supplie de rechef par la grande charité que vous aviez de tous les misérables. Ainsi soit-il.

Pater, Ave.

NEUVIÈME JOUR

Grand et fidèle serviteur de la très digne Mère de Jésus, Marie, soyez mon Avocat et celui de tous vos dévots auprès d'elle, afin qu'elle nous soit favorable envers son cher Fils, et que nous obtenions la rémission de nos péchés, les grâces nécessaires pour plaire à l'un et à l'autre, les secours efficaces dans nos afflictions et dans nos dangers, surtout dans la dernière agonie de la mort, afin que nous puissions heureusement finir nos jours dans la grâce de Dieu et jouir avec vous dans sa gloire. Je vous en supplie par la joie inexprimable qui vous saisit l'âme, lorsque l'Enfant Jésus reposait entre vos bras, et lorsque sa douce Mère, Marie, vous visita personnellement au lit de la mort, toute prête à recevoir votre âme, pour la conduire au Ciel et l'introduire dans les joies du Seigneur. Ainsi soit-il.

Pater, Ave Maria.

RÉPONS DE SAINT BONAVENTURE ET ORAISON DE SAINT ANTOINE DE PADOUE

Pour obtenir une grâce et retrouver les objets perdus

Si quæris miracula,
Mors, error, calamitas
Dæmon, lepra fugiunt ;
Ægri surgunt sani ;

Si vous voulez obtenir des miracles, invoquez saint Antoine de Padoue : à son nom, la mort, l'erreur, les calamités, le démon fuient ; les malades se lèvent en parfaite santé.

La mer se calme; les chaînes se brisent; les membres sont guéris; l'enfant comme le vieillard l'invoquent et retrouvent les objets perdus.

Les dangers disparaissent, les nécessités cessent. Que ceux qui ont éprouvé ses bienfaits les racontent: que tes habitants, ô Padoue, les proclament !

On répète : La mer se calme, etc.

Gloire au Père, etc.

℣. Saint Antoine, priez pour nous.

℟. Afin que nous soyons rendus dignes des promesses de Jésus-Christ.

Cedunt mare vincula ;
Membra, resque perditas
Petunt et accipiunt
Juvenes et cani.

Pereunt pericula,
Cessat et necessitas ;
Narrent hi qui sentiunt
Dicant Paduani.

On répète : Cedunt mare, etc.
Gloria Patri, etc.

℣. Ora pro nobis, beate Antoni.

℟. Ut digni efficiamur promissionibus Christi.

ORAISON

Faites, mon Dieu, par l'intercession de saint Antoine de Padoue, que les enfants de votre Église se réjouissent en célébrant sa mémoire, qu'ils soient favorablement secourus dans tous leurs besoins, et qu'ils méritent l'éternelle félicité. — Par N.-S. Jésus-Christ.

Ainsi soit-il.

Notre Père. Je vous salue.

Saint Antoine de Padoue, priez pour nous.

OREMUS

Ecclesiam tuam, Deus, beati Antonii confessoris tui commemoratio votiva lætificet: ut spiritualibus semper muniatur auxiliis et gaudiis perfrui mereatur æternis. — Per Christum Dominum nostrum.

Amen.

Pater, Ave.
Sancte Antoni, ora pro nobis.

O grand saint Antoine ! vous dont le cœur est si plein de bonté, et qui avez reçu de Dieu le pouvoir spécial de faire retrouver les choses perdues, secourez-moi, en ce moment, afin que, par votre assistance, j'obtienne la grâce que je sollicite, et que je puisse ainsi glorifier de plus en plus le Seigneur, qui opère par vous de si grandes merveilles. Ainsi soit-il.

ORAISON

Pour remercier saint Antoine de Padoue de la grâce obtenue

Soyez mille fois béni, ô glorieux saint Antoine de Padoue, vous qui êtes l'astre brillant de l'Espagne, l'apôtre glorieux de la France, la lumière éclatante de l'Italie, la terreur des hérétiques, la consolation des fidèles et la gloire de Padoue.

Gloire au Père, etc. — ℣. et ℟. comme ci-dessus.

Indulgence plénière aux mêmes conditions, une fois le mois, pour tout fidèle qui aura récité tous les jours, pendant le mois, le Répons : *Si quæris miracula.* (Pie IX, 1869.)

Indulgence de 100 jours chaque fois qu'on récite ce répons : *Si quæris miracula.* (Pie IX, 25 janvier 1866.)

LITANIES

DE SAINT ANTOINE DE PADOUE

Seigneur, ayez pitié de nous.
Jésus-Christ, ayez pitié de nous.
Seigneur, ayez pitié de nous.
Jésus-Christ, exaucez-nous.
Dieu le Père, qui régnez dans les Cieux, ayez pitié de nous.
Dieu le Fils, Rédempteur du monde, ayez pitié de nous.
Dieu le Saint-Esprit, ayez pitié de nous.
Sainte Trinité, un seul Dieu, ayez pitié de nous.
Sainte Marie, Mère de Dieu,
Saint François, patriarche des pauvres,
Saint Antoine de Padoue,
L'ami de Jésus et de Marie,
Grand héros d'Espagne,
Lumière éclatante d'Italie,
Apôtre de la France,
Trompette de l'Evangile,
L'ornement de l'ordre séraphique,
Lys blanchissant de chasteté,

Perle précieuse de pauvreté,
Étoile brillante d'obéissance,
Vrai miroir de pénitence,
Flamme brillante de charité,
Vaisseau très pur de sainteté,
Pilier de la sainte Eglise,
Arche du Testament,
Trésor des Écritures,
Docteur de la Vérité,
Extirpateur des vices,
Destructeur des hérésies,
Terreur des infidèles,
L'effroi des démons,
Zélateur du salut des âmes,
Consolateur des affligés,
Médecin des malades,
Ressuscitateur des morts,
Opérateur de miracles,
Surintendant des choses perdues,
Connaisseur des Cœurs,
Imitateur des prophètes,
Prophète et apôtre,
Martyr de volonté,
Éminent docteur,
La gloire des Saints,
Père, protecteur et patron très fidèle,
Vous, doux Jésus, soyez-nous propice.
De tout péché, délivrez-nous, Seigneur.
Des embûches du diable,
De peste, guerre et famine,
De la mort éternelle,
Par les mérites de saint Antoine,
Par son ardente charité,
Par son esprit prophétique,

Par son grand zèle pour la conversion des pécheurs,
Par son désir excessif du martyre,
Par ses travaux infatigables,
Par son observance des vœux d'obéissance, de pau-
    vreté et de chasteté,
Par la multitude de ses miracles,
Au jour du jugement,
Pauvres pécheurs, nous vous en prions, écoutez-nous.
Qu'il vous plaise de nous amener à une véritable péni-
    tence, nous vous en prions, écoutez-nous.
Qu'il vous plaise d'allumer en nos cœurs le feu du divin
    amour, nous vous en prions, écoutez-nous.
Qu'il vous plaise de nous rendre participants des inter-
    cessions et mérites de saint Antoine, nous vous en
    prions, écoutez-nous.
Qu'il vous plaise de mettre et conserver notre patrie dans
    la protection de saint Antoine, nous vous en prions,
    écoutez-nous.
Qu'il vous plaise d'accorder entière santé d'âme et de
    corps à ceux qui recourent à saint Antoine, nous vous
    en prions, écoutez-nous.
Fils du Dieu vivant, nous vous en prions, écoutez-nous.
Agneau de Dieu, qui effacez les péchés du monde, par-
    donnez-nous, Seigneur.
Agneau de Dieu, qui effacez les péchés du monde, exau-
    cez-nous, Seigneur.
Agneau de Dieu, qui effacez les péchés du monde, ayez
    pitié de nous, Seigneur.
Jésus, écoutez-nous.
Jésus, exaucez-nous.
    ℣. Saint Antoine, priez pour nous.
    ℟. Afin que nous soyons dignes des promesses de Jésus-
Christ.

Oraison

O Seigneur Jésus-Christ, qui avez voulu être élevé en croix le Vendredi Saint, à la sixième heure du jour, et, à la neuvième, remettre votre esprit entre les mains de votre Père, nous vous prions très humblement, par les mérites de saint Antoine (dont l'âme partit aussi de ce monde le vendredi, et le corps fut enseveli trois jours après), que nous puissions assidûment ressentir en nous les fruits et les effets de votre très sainte Passion, par l'entremise du même Patron : qui vivez et régnez avec Dieu le Père en l'unité du Saint-Esprit, par tous les siècles des siècles. Ainsi soit-il.

Tours, imprimerie Deslis Frères, 6, rue Gambetta.

www.ingramcontent.com/pod-product-compliance
Ingram Content Group UK Ltd.
Pitfield, Milton Keynes, MK11 3LW, UK
UKHW020942140726
13695UKWH00003B/1164